AF599311

Bariouk

Jean-Louis Fassi

Bariouk

Roman

LE LYS BLEU
ÉDITIONS

ISBN : 979-10-422-1517-0

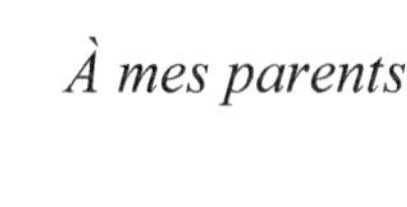

À mes parents

Il se dit un jour : « Et si je me mettais à mon conte ! »

Avis au lecteur

Ce livre est une œuvre de fiction. Les personnages, les propos qui leur sont attribués, les lieux visités et les dates associées aux événements sont en partie réels, en partie imaginaires.

Première partie
Moscou

I
Peur sur la ville

Il était environ onze heures du soir, ce 14 septembre 1812, quand apparut soudain une immense clarté au-dessus des toits de l'illustre cité. C'était la lueur d'un incendie. Que le feu fût mis par malveillance ou par imprudence, il était à présent lancé, serpentant à travers les cours, les rues, les quartiers, dévorant tout sur son passage, gigantesque tel un Titanoboa. À la vitesse de la lumière, la peur avait gagné toute la ville.

« Si l'enfer existe, c'est bien ici ! » L'homme qui venait de prononcer cette phrase se tenait immobile, les bras croisés derrière le dos, regardant depuis les murailles de la forteresse un spectacle apocalyptique. Les immeubles crachaient des flammes de fureur, des explosions retentissaient aux quatre coins de l'antique cité des tsars.

En un mot, ou plutôt deux, « Moscou brûlait ».

Tôt dans la matinée, la Grande Armée était entrée dans la ville, avait défilé dans les rues de Biely-Gorod[1] puis de

[1] Quartier de Moscou.

Kitaï-Gorod[2] au chant de la Marseillaise accompagnant son chef jusqu'aux portes du Kremlin. L'Empereur gravissait ensuite l'Escalier Rouge et investissait les lieux avec sa garde. Il était à présent redescendu dans le Hall Catherine où il avait fait dresser sa tente de campagne. Une question hantait son esprit : « Que faire ? » Et pourtant face à cette interrogation l'homme assoiffé de conquêtes avait su y répondre maintes et maintes fois depuis qu'il avait embrassé la carrière militaire ; nul mieux que lui ne savait prendre des décisions cruciales, mais aujourd'hui, loin de Paris, tout semblait différent dans son esprit ; le héros du pont d'Arcole, celui qui avait donné l'aigle pour blason à la France ressentait au fond de lui une violente tempête agiter son âme. Pour la première fois de sa vie, peut-être, il se mettait à douter tant il semblait ce jour-là assailli par la fatigue à l'idée d'être à nouveau confronté à une situation pouvant entraîner un renversement brutal. Rêvait-il à cet instant de planter là ses affaires, ses habitudes, ses connaissances, ses amours pour aller dans quelque île enchantée, vivre sans soucis, ni obligations ? Homme du 18 Brumaire, il avait pourtant vu de quelle manière la société française avait fait une rotation sur elle-même, comment elle s'était convertie, car il s'était bien produit un avant et un après 1789, il en était le témoin et il avait voulu personnellement rétablir l'ordre en s'emparant du timon de l'État. Il lui revenait donc aujourd'hui, confronté à cette nouvelle situation, au milieu d'un brasier géant, de prendre une décision aussi capitale ; à cet homme incombait la délicate tâche de saisir, en quelque sorte, le

[2] Quartier de Moscou.

moment où le temps allait basculer. Et en pareil cas comme l'intelligence peut toujours percer un trou, au bout d'un moment, ayant consulté l'horloge de l'histoire et secoué la léthargie de son vague à l'âme, quoiqu'en quête d'une boussole, mais n'ayant pas perdu son cap, Napoléon finit par se dire : « Voilà soldat, la guerre est à présent terminée. C'est aussi simple que cela ».

II
Un charmant bal…

— Mon cher Caulaincourt, que dirais-tu d'aller à Saint-Pétersbourg et de rencontrer pour moi le tsar Alexandre ? Je désire lui transmettre une lettre en mains propres. J'ai décidé de conclure la paix avec la Russie.

— Sire, je trouverais cette mission fort inutile, répondit d'emblée l'officier, se montrant ainsi, comme à son habitude, imperturbable et d'une franchise spontanée envers son Empereur.

Nous étions au début du mois d'octobre. Napoléon était assis derrière un bureau en vieux chêne. Il venait de terminer la rédaction d'un courrier et regardait à présent un tableau qui ornait un des murs de la pièce, *Marie-Madeleine tenant le pot de parfums*, une peinture d'origine inconnue réalisée sur bois, de dimension 60 x 53 cm, attribuée à Léonard de Vinci, mais de façon incertaine. Une œuvre qui semblait préfigurer d'autres tableaux à venir, comme si l'artiste les voyait déjà avec des yeux intérieurs. La composition en était savante, car expérimentale.

***

Que diable allait faire cet homme sur cette galère ?

Le besoin de voyager – eh bien !

***

La famille Caulaincourt était issue d'une noblesse déjà présente à la cour de Versailles. Les Caulaincourt et les Beauharnais se connaissaient depuis que Caulaincourt, le père, s'était lié d'amitié avec Marie Josèphe Rose alors épouse d'Alexandre de Beauharnais. Plus tard lorsque Bonaparte, Premier Consul, se maria avec celle qu'il appelait tendrement Joséphine, Armand de Caulaincourt, le fils, était invité à la cérémonie. Les deux époux avaient ainsi attiré dans leur sillage un héritier de l'ancienne noblesse.

En août 1808, Napoléon et Joséphine, rentrant de l'entrevue de Bayonne, font une halte à Saumur. Armand accueille ses amis dans son hôtel particulier, situé au centre de la ville. Une création principalement faite en pierre de tuffeau, un matériau emblématique des bords de Loire. Au rez-de-chaussée, le bâtiment est décoré de motifs géométriques. Un vaste balcon court tout le long du premier étage et repose sur des consoles en calcaire dur de Champigny, rehaussées par des figures feuillagées. Quatre pilastres, sans cannelures, soutiennent un fronton classique, encadré par une balustrade dissimulant le toit. Les chapiteaux ioniques portent des guirlandes et des pompons. Les encadrements des baies sont décorés de rais-de-cœur et de perles. En son centre, un grand escalier à double révolution, comprenant soixante-quinze marches, composées de pierres taillées avec une grande précision, confère à la demeure sa majesté.

C'est à cheval que l'Empereur gravit en début d'après-midi le grand escalier de cette prestigieuse demeure et s'installa avec sa suite au premier étage.

Le monarque reçoit à présent les autorités locales dans un vaste salon et à cette occasion s'enquit de l'état de la ville, du vaste programme de modernisation en cours, trace un nouveau plan d'aménagement des quartiers, parfait la construction d'une caserne et de ses bâtiments constitutifs de l'activité équestre (manège, écuries, magasin de fourrage), enjoint les responsables locaux et militaires de faire assainir la zone d'implantation située en milieu inondable.

La pièce de l'hôtel particulier est décorée de magnifiques boiseries caractéristiques de la fin du XVIIIe siècle ; les motifs évoquent des scènes mythologiques entrecoupées de charmantes panoplies relatant les plaisirs champêtres, comme le jardinage, la chasse, la promenade…

Dans la soirée, Napoléon et Joséphine apparaissent à plusieurs reprises au balcon de la résidence. Le couple impérial salue une foule en liesse, rassemblée sur la place centrale de la ville. L'enthousiasme est très fort. On assiste à un moment d'acclamation du peuple à son souverain au cri de : « Vive l'Empereur ! Hourra ! »

***

Haut de taille, des muscles vigoureux, des traits fins et un beau sourire, Armand de Caulaincourt était un homme élégant et distingué. De ses ancêtres il tenait une aisance dans l'art de savoir conjuguer le naturel avec les règles de la bienséance en société. Il ne manquait pas d'esprit et savait jouer de sa séduction. Lors de leurs entrevues, l'Empereur appréciait tout particulièrement la façon dont son contradicteur savait dérouler une argumentation charpentée avec une singulière clarté et perspicacité, parfois même sans ménagement. Ses faits d'armes lui avaient valu des titres et des honneurs. Rapidement promu général de brigade, le militaire s'était vu confier par Napoléon la charge de Grand écuyer puis celle d'ambassadeur à Saint-Pétersbourg en 1807. Le diplomate avait rapidement tissé des liens d'amitié avec le tsar Alexandre Ier, ce dernier étant également cultivé et homme d'esprit. Jusqu'à quel point pouvait-on parler d'une sincère amitié entre les deux personnes, on ne pouvait l'affirmer, tant le monarque russe se distinguait par une extraordinaire faculté de dissimulation. Caulaincourt ayant très certainement découvert ce trait de caractère chez son interlocuteur réussissait très bien dans ses fonctions.

***

Au cours de l'année 1810, alors qu'Alexandre Ier naviguait sur l'Oupa[3], un officier lui apporta une lettre écrite de la main de la comtesse Olga Feodorovna. Celle-

---

[3] Rivière de la région de Toula.

ci dont une aïeule avait posé pour le peintre Vermeer de Delft donnait un bal en l'honneur du tsar de toutes les Russies dans le domaine de *Bieloe Ozero*[4] situé dans la province de Toula[5]. L'aristocratie provinciale célébrait ainsi la visite de son souverain dans la région. Caulaincourt qui accompagnait le tsar dans son périple en Russie centrale fut convié à cette fête. Le diplomate français, se délectant de ce genre d'événement, se sentait à cette occasion, pourrait-on dire, comme un poisson dans l'eau de l'Oupa.

Aussi, ce 25 août au soir, les invités étaient réunis dans le parc de la propriété ; un buffet y était merveilleusement servi dans des porcelaines précieuses venues de Chine, chargées à profusion des mets les plus goûtés. À son arrivée, Alexandre Ier était accueilli par la comtesse entourée de ses deux filles. L'homme trouva les jeunes filles embellies et les taquina sur leurs prétendants. Puis il se dirigea vers la table centrale et s'adressa en français aux convives. En cours de soirée, M. de Caulaincourt fut présenté à l'hôtesse des lieux ; le tsar prenant la liberté de glisser à l'oreille de celle-ci d'un air malicieux : « Aussi ma chère comtesse, je vous charge de veiller à ce que ce noble invité français garde un joli souvenir de sa présence parmi nous ».

La comtesse trouva à M. de Caulaincourt l'air noble en effet et beaucoup d'usage du monde. Natalia, la fille aînée, suivit le désir de sa mère. Elle plut à l'officier. Le bal allait débuter. Armand alla chercher Natalia pour la première

---

[4] Le lac Blanc.

[5] Ville située à environ 200 km au sud de Moscou.

danse. Peu de temps après, la jeune fille priait son cavalier de la suivre dans son salon privé.

***

Napoléon, conscient que la réponse de son proche conseiller était la réaction d'un sujet loyal, incapable de flatterie, poursuivit la conversation sur un ton assez bienveillant et plaisant.

— Soyons ouverts et constructifs, mon cher Caulaincourt, je crois au contraire qu'Alexandre se montrera attentif et souhaitera saisir l'opportunité de négocier une paix. La guerre a vidé les caisses de son empire. Il est homme de bon sens, il comprend que la Russie est en proie à tous les périls. De surcroît, notre armée vient de prouver à tous ses ennemis en Europe, en entrant victorieusement dans la capitale de l'ancienne Moscovie, qu'elle possède les meilleurs soldats du continent.

Faute de renseignements, un chef peut difficilement commander. Aussi, malgré le chaos qui régnait sur les routes, Napoléon restait bien informé. En effet, des rapports lui parvenaient quotidiennement, décrivant de façon précise le climat qui régnait dans l'entourage du tsar. Alexandre Ier savait ses troupes diminuées et découragées. Il ne se berçait guère d'illusions quant à l'issue du conflit se doutant pertinemment que les Français ne tarderaient pas à marcher sur la capitale. Une grande agitation alors régnait à Saint-Pétersbourg. Un trésor avait été constitué en grande hâte. Une première partie devait être transférée au-delà de l'Oural et la seconde avait été chargée sur des navires en partance pour l'Angleterre. Comment dans ces conditions le Russe ne pouvait-il pas saisir, avec empressement, la possibilité que lui offrait le Français de conclure la paix ?

De même, admettant probablement que la réticence de son conseiller à accepter une mission de cette envergure pouvait tenir au fait que celui-ci, M. de Caulaincourt, avait peut-être gardé envers Alexandre Ier un sentiment d'amitié et même d'admiration – M. de Caulaincourt n'aurait alors pas souhaité se présenter à Saint-Pétersbourg à un moment où le pays était dévasté et que la couronne de Russie vacillait – Napoléon déclara alors :

— Fort bien Caulaincourt, je peux comprendre ta position. Alors, va plutôt au quartier général du tsar et rencontre le général Koutouzov[6].

— Votre Majesté, lui rétorqua l'officier de cavalerie, cette initiative n'aurait pas plus de succès. Je connais bien le caractère du Russe. Il considère la négociation comme une forme de faiblesse. Il serait plus raisonnable de ne pas s'engager sur cette voie.

Agacé, l'Empereur finit par déclarer :

— Très bien, dans ces conditions, c'est Lauriston qui ira. C'est donc lui qui aura l'insigne honneur d'aller conclure la paix et ainsi ton ami Alexandre pourra sauver sa couronne.

Deux jours plus tard, le général Lauriston était en route pour Saint-Pétersbourg escorté d'un escadron de hussards.

---

[6] Général en chef des armées de Russie sous le tsar Alexandre Ier.

III
Une taupe au Kremlin

— Je me demande, commença l'officier français dans un russe sans accent, si tu ne mens pas pour sauver ta peau de Rouski.

Le renseignement napoléonien savait pertinemment que des agents de l'ennemi circulaient dans Moscou, cherchant à approcher au plus près les positions françaises afin de recueillir des informations précieuses au sujet du dispositif d'organisation des troupes d'occupation. L'un d'eux venait d'être capturé. Le commandant Brossard menait l'interrogatoire.

— Alors mon vieux, poursuivit le français d'un air suspicieux, frappant sur l'épaule du prisonnier, tu m'as dit que toi et tes camarades vous vous êtes repliés dans une casemate, située à la lisière d'une bouleraie, au moment de la percée de nos glorieuses troupes vers Moscou.

L'homme répondit timidement.

— Notre officier nous avait également accompagnés pendant le repli… puis je m'en souviens plus, ça tirait de partout, alors pris de panique je me suis enfui sur un chemin forestier. Après, plus rien… je me souviens plus du tout.

— Regarde-moi bien, mon loustic, dit fermement Brossard. Raconte-moi plutôt ce que tu faisais à l'intérieur du Kremlin, furetant aux abords du bâtiment de commandement.

Youri Loustikov fit un geste vague de la main et lança comme innocemment :

« Je m'étais égaré, voilà tout… et puis je me souviens plus de rien. »

— Très bien, rétorqua Brossard, on va s'arrêter là pour aujourd'hui. Nous allons t'aider à retrouver la mémoire. Tu vas retourner au frais dans ta suite tout confort avec au programme eau et pain sec, et quand je l'aurai décidé, car j'ai tout mon temps, tu remonteras me voir pour me raconter cette fois-ci, je l'espère pour toi, une tout autre version de tes exploits…

Les jours passaient et notre homme restait seul comme une taupe dans son trou. Fiévreux, oppressé, il avait beau toute la sainte journée serrer les dents, la peur s'immisçait en lui. Il comprenait que s'il ne pouvait fournir au chef du renseignement français une explication plausible c'en était fait de lui. Cela se terminerait très mal, c'est-à-dire devant un peloton d'exécution sans autre forme de procès.

Au septième jour, cependant, le soldat Loustikov remonta dans le bureau de Brossard.

Lorsque le prisonnier entra dans la pièce, il remarqua à l'entrée la présence d'un colosse à la carrure qui était tout sauf constituée d'argile et au visage dont la rudesse était plus qu'inquiétante. Le commandant Brossard quant à lui se tenait près de la fenêtre et regardait en contrebas la Moskova gelée qui brillait aux premiers rayons du soleil. Il venait d'allumer sa pipe. Aussi Loustikov n'en menait pas large, suant à grosses gouttes malgré la fraîcheur qui régnait dans la salle.

— Alors l'artiste engagea Brossard, tirant des bouffées de sa pipe, tu maintiens que tu n'as rien à voir avec le monde des espions ?

La voix du soldat Youri était tremblante ; l'homme narra à nouveau sa fuite. Les questions pétaradaient à présent dans tous les sens. Le géant faisait jouer une à une les articulations de ses gros doigts poilus jusqu'à la deuxième phalange.

— Quand vous m'avez fait prisonnier, finit par cracher le Russe, je venais de déserter pour rejoindre vos effectifs.

Brossard s'approcha alors de Loustikov, l'air terrible.

— Un déserteur par-dessus le marché. Mais comment veux-tu que je fasse confiance, une seconde, à un type comme toi ?

Youri claquait des dents.

— Je me suis enfui d'une isba, dit le pauvre moujik. Notre chef nous avait ordonné de surveiller un chargement stocké à l'intérieur. C'est la vérité. Je le jure sur Saint-Nicolas.

— Alors, dis-nous vite, rugit le colosse qui avait levé lentement son poing sous le nez de Youri, ce qu'il y a dans cette caverne d'Ali Baba, des armes, de la poudre. Accouche le Rouski…

— Mieux encore, souffla, Loustikov terrifié. Des caisses en bois d'acajou remplies de pièces d'or.

À cet instant Brossard fit signe à son sbire de calmer le jeu.

— Sur ce point, dit-il d'un ton apaisé, je veux bien te croire, mais tu vas nous conduire à l'endroit précis où se situe ce soi-disant trésor. Si tu as menti, ton compte est bon Goloubchik[7].

Puis avant de sortir du bureau, l'officier de renseignement français donna des ordres brefs.

---

[7] Mon petit pigeon.

IV
Les Tatares !

Entre-temps dans le camp français on s'était mis à rêver du succès des négociations avant l'arrivée d'Ivan, comme l'avaient baptisé les soldats français, le terrible hiver russe, qui ne tarderait pas à s'installer pour de longs mois dans le pays et qui ne manquerait pas de casser la figure à toute créature terrestre qui oserait le défier. De plus, le moral au sein de la troupe n'était pas au plus haut. L'occupation française se déroulait dans des conditions exécrables. L'oisiveté avait gagné les rangs de la Grande Armée. Et l'on ne sait que trop bien à quel point l'inaction peut rendre les hommes mécontents. La désorganisation était portée à son comble. Les vivres manquaient. On commençait à manger les chevaux. Les hommes périssaient par centaines.

Un bon édifice se construit sur une base solide et dans l'armée, c'est la discipline qui sert de fondation.

La porte du bureau de l'Empereur s'ouvrit bientôt ; l'aide de camp annonça le Maréchal Mortier.

— Mortier, dit l'Empereur, la situation est devenue anarchique dans la ville. Je veux que tu me fasses cesser ce désordre. On me rapporte que nos soldats s'adonnent à des scènes de pillage. Il n'est pas digne que notre armée se transforme en une bande de maraudeurs. Aussi, j'ai décidé de te nommer gouverneur de Moscou. Tu m'en répondras sur ta tête.

La situation à Moscou était des plus tragiques. Avant son départ le gouverneur Rostopchine avait fait ouvrir les prisons, libérer les détenus, distribuer au peuple les fusils de l'arsenal, ordonner à Voronenko, son adjoint, de faire incendier les magasins d'eau-de-vie ainsi que les embarcations chargées d'alcool. Des explosions éclataient quotidiennement à divers endroits et jusque dans les faubourgs. Le fourrage venait à manquer et des groupes de cosaques faisaient des incursions, repartant avec de grandes quantités d'aliments pour leurs bêtes. La guerre à la périphérie de la ville, la guerre des partisans, réunissait de milliers de moujiks. Les paysans tendaient des embuscades aux soldats français envoyés en mission de ravitaillement dans la campagne. On tuait l'occupant à coups de fourche, pendait les corps puis les jetait dans la Moskova. Des bruits couraient à propos d'exactions commises sur la route de Smolensk[8] ; on racontait que des guerriers, sans foi ni loi, venus des steppes, dévastaient, pillaient, massacraient, incendiaient tout sur leur passage et menaçaient à présent d'entrer dans Moscou. On annonçait à travers la ville le retour des Tatares !

Les troupes du général Koutouzov s'étaient repliées sur Riazan[9], une position qui permettait au stratège russe de

---

[8] Ville de Russie centrale située sur le Dniepr.
[9] Ville de Russie centrale située sur l'Oka.

tenir le flanc droit des troupes napoléoniennes. Il faisait également venir à lui des renforts afin de barrer la route aux Français qui pourraient vouloir se diriger vers les terres les plus fertiles du pays. Dans la presse russe, on promettait à Napoléon de faire de la Russie une nouvelle Espagne. Le *Messager russe* titrait à propos de l'envahisseur « La bête est blessée à mort ». Les fureurs de la guerre patriotique se déchaînaient. Napoléon décida alors l'évacuation du Kremlin en raison du risque que représentait la présence de caissons de munitions entassés dans les couloirs du palais et qui menaçaient d'exploser à tout instant si la situation devenait incontrôlable. L'Empereur trouvait alors refuge avec sa garde au nord de la ville dans le palais Pétrovski.

L'état-major français attendait fiévreusement des nouvelles du général Lauriston. Et la réponse finit par arriver. « Je ne lui réponds rien » fut le message que rapportait l'émissaire. Si peu de mots pour dire beaucoup, la claque était cinglante. En refusant de négocier, Alexandre Ier se conduisait avec le sang-froid « d'un vieux militaire ». Il prévenait en quelque sorte que les soldats français devaient évacuer Moscou sans délai. Napoléon constatait que ses efforts déployés pour nouer des pourparlers avec l'empereur russe s'avéraient infructueux ; son inquiétude grandit.

« Il est temps de partir », se dit-il.

V
La belle Tsigane

À la mi-octobre, la neige commençait à tomber. Napoléon faisait sortir de Moscou les premiers convois. Une masse informe constituée de matériels et de personnes quittait la ville. Mais on avait abandonné les blessés. « Mortier, avait dit l'Empereur, tu quitteras les lieux en dernier et avant de partir, avec ton détachement fais-moi sauter cette forteresse ». Miné, le Kremlin faillit disparaître à tout jamais : le palais d'Elisabeth Petrovna sauta, la porte Spassky[10], celle de la Trinité, la tour d'Ivan le Grand, encore, furent endommagées et les murs de la construction éventrés en partie. Au début de la campagne, Napoléon avait pourtant exigé de ses troupes un comportement exemplaire en Russie ; « Pas d'excès comme cela s'est produit lors des campagnes précédentes en Italie, en Prusse ou en Espagne », avait-il ordonné à ses officiers. Mais la tactique de la terre brûlée pratiquée par les Russes sur tout le territoire occupé avait rendu furieux l'ogre corse. Ses hommes ne parvenaient pas à circonscrire

[10] La porte du Sauveur.

les incendies déclenchés quotidiennement par une poignée de résistants à l'intérieur de Moscou. Profondément humilié, ulcéré, Napoléon fulminait ; en représailles, il avait fini par livrer la ville à son armée.

Les palais et les églises moscovites furent dès-lors mis à sac et un immense butin était chargé dans des chariots. À l'ouest de la ville, les Russes, se frottant les mains, étaient postés en embuscade attendant le convoi français alourdi par un mélange composé d'une confusion de calèches, de caissons, de riches voitures et de chariots de toutes espèces.

Sur la route menant de Smolensk à Krasnoe[11], des combats opposaient les troupes de Davout et de Ney à celles de Koutouzov. Rapidement ce dernier prendra l'ascendant sur ses adversaires et triomphera presque sans combattre. Les moujiks sortaient par milliers des villages et mettaient le feu à la forêt. Les Russes pressaient les Français de toutes parts, sur tous les flancs ; les combats faisaient rage à l'intérieur même des chariots et les lances venaient transpercer les corps aux cris de : « *Morts aux ennemis ! Gloire à la terre russe* ».

Et le soir au bivouac, les cosaques du régiment Kamarov s'étaient réunis. Ils formaient un cercle autour de la belle Galia. Le spectacle allait commencer. La danseuse tzigane était vêtue d'une robe ample, de couleur bleu ciel en taffetas et en organdi, chamarrée de lourds festons et de broderies aux épaules et à la poitrine ; un large galon où brillaient des fils argentés soulignait le bas de sa robe ; au-dessus de la taille, un cordon serré donnait de l'ampleur

[11] Ville située à 430 kms de Smolensk.

aux mouvements de son corps. Autour de son cou pendait un collier d'ambre ; à ses poignets, des bracelets composés de pièces d'or et d'argent tintaient tout en élégance, et pour rehausser cette harmonie, la jeune danseuse arborait sur ses cheveux très noirs un diadème en tissu brillant. Les hommes donnaient le rythme au son de tambourins et une flûte aux notes aiguës égaillait le spectacle. La belle Tzigane s'était mise à danser avec des balancements, des hochements de tête, et, faisait tressauter son ventre ; la jeune femme se déplaçait à petits pas avec des inflexions des genoux ; le jeu subtil de ses mains donnait tout son sens à la représentation. Une danse qui enivre et appelle à l'amour où les amants se cherchent, se palpent, s'égarent et finissent par s'éteindre. Ensuite vint la danse du sabre qui se voulait traduire la lutte dans un combat sporadique ; le jeune Bariouk, jouant avec majesté le rôle du héros durant la scène. Le danseur avec l'agilité d'un grand félin de Sibérie transportait ses camarades aux confins de la taïga. Une animation insolite et fascinante avait envahi l'espace. Un autre cosaque, une bouteille posée sur la tête, exécutait à présent avec aisance une danse acrobatique au cours de laquelle les gestes étaient précis et défiaient les lois de l'équilibre.

Et pour clore la fête, un chant guerrier était repris par tous les cosaques :

Dis donc loup, viens dans notre cour et essaye un peu de harceler les chiens !
Entre grand malin !
Mais qu'y a-t-il à présent ?
Ah non pour sortir c'est une autre affaire !

Qu'avez-vous contre moi ? Je ne faisais que passer.
Non loup, tu ne t'échapperas pas
On est aussi rusé que toi
Jusqu'au Niémen on te pourchassera
Hourrah ! Hourrah !

***

Napoléon avait donné le signal de la retraite laissant derrière lui des drapeaux français sur lesquels, parmi les heures de gloire, se lisait *Austerlitz*.

Glacial était le froid de la plaine. Les étoiles mitraillaient son habit de neige.

« Sainte Mère, chaque fois que la vague monte trop haut et trop vite, elle retombe avec d'autant plus de violence », soupira le Corse. Et le dépit de ce conquérant à la faim mais aussi la fin de loup rappelait le murmure d'un ruisseau.

VI
Un message secret

Un peu avant cinq heures du soir, alors que le soleil baissait déjà et que le ciel se teintait d'un bleu sombre, un agent de liaison arriva à l'état-major de Koutousov, la tête mouillée par la neige et hors d'haleine. La livraison à temps d'un document et l'exactitude de la transmission verbale sont les qualités essentielles que l'on attend d'un courrier ; l'homme dans le cas présent s'était fort bien acquitté de sa mission.

— Que se passe-t-il Kabarov ? demanda le généralissime à l'officier de camp.

— Votre Excellence, répondit celui-ci, un courrier porteur d'un message urgent et secret provenant des bords de la Bérézina vient d'arriver.

Toutes les personnes réunies à l'intérieur de la tente du haut commandement russe regardaient avec une anxieuse impatience les doigts exercés de Koutouzov briser le sceau du courrier ; une seconde enveloppe se trouvait à l'intérieur de la première. Le stratège atteignit enfin la lettre. Il jeta ensuite un coup d'œil espiègle autour de lui et s'amusa à dire en laissant traîner le suspense :

« Urgent, secret ? Ce genre de message apporte en général soit de très bonnes, soit de très mauvaises nouvelles ».

Le silence était alors magnifiquement palpable au point que l'on entendit au loin une mouche se poser sur la neige ; très certainement une candidate au suicide…

Puis un jeune officier, fougueux comme un étalon sauvage, rompit cette belle harmonie : « Votre Excellence, nous brûlons d'impatience de savoir… »

— Mes amis, finit par annoncer le vieux renard d'une voix calme et tranquille : « Le loup blessé à mort s'apprête à franchir la Bérézina. Nous levons le camp sur-le-champ pour rejoindre Wittgenstein[12] et Tchitchagov[13] à Borissov[14] ».

Ensuite Koutouzov demanda au commandant du 9e bataillon d'artillerie de se rapprocher de la table ; il lui indiqua une côte située sur la carte des opérations militaires : « Brodsky, tu pars devant avec tes artilleurs et tu te positionnes à cet endroit, sur la hauteur *Stiag* ». Enfin, se tournant vers le colonel Taman, le général ordonna : « Tes cosaques et toi vous chargerez en venant depuis la rive sud de la rivière ».

Cette poignée d'ordre lancée marquait le début des opérations dirigées vers le point de passage où se produirait le repli napoléonien.

Enfin le généralissime se dirigea vers la sortie de la tente. Une bougie brûlait sur une table. Pris par la flamme, le message secret se dispersa dans l'air.

— En route ! ordonna le Prince de Smolensk.

---

[12] Generalfeldmarschall de l'armée impériale russe.

[13] Officier de l'armée impériale russe.

[14] Ville située aujourd'hui en Biélorussie.

VII
Le pont des Mousquetaires

Une immense plaine s'étendait à perte de vue couverte de pins rabougris et de bouleaux. La dépression abritait çà et là des îlots sablonneux où des renards avaient leurs terriers. On y trouvait également des sorbiers de quelques brasses, et, au pied de ces coiffes géantes, des buissons de nerpruns, d'aulnes et d'osier.

Soudain un nuage de poussière s'élevait dans le lointain. Les cosaques tombèrent sur l'ennemi à la vitesse de l'éclair. Le général Dupuis commandait la 7e division des cuirassiers français au moment de l'assaut. Les trompettes de cavalerie retentissaient, l'étendard glorieux s'était élancé devant, droit au feu. Le commandant Cordier avait brandi son sabre et jurait :

— Chiens de cosaques, vous ne couperez pas la route à notre Empereur !

Et l'homme frappant de droite puis de gauche tentait de se frayer un chemin au milieu de ce déchaînement de haine et de violence.

Les Français étaient pris dans un étau. Ils devaient cependant s'en libérer par un bon rapide en avant.

L'ennemi poursuivait sans relâche les soldats dans leur retraite.

***

La nuit avait été étrangement calme. Seuls quelques tirs avaient retenti dans le lointain.

Au réveil un violent coup de gueule mit la compagnie des grenadiers du capitaine Bouchard en marche. Chacun, fort de l'expérience brutale des campagnes napoléoniennes, s'était bardé avec courage et abnégation de tout son équipement. Cela faisait un joli poids à porter, sans compter la neige qui ralentissait la progression. Ce matin-là, le 12e régiment d'infanterie de la Grande Armée partait en direction du *Pont des Mousquetaires* afin de sécuriser la place et de permettre ainsi le passage d'un convoi. Tout le secteur grouillait de soldats ennemis prêts à accueillir les Français.

— Les gars, pas le temps de bailler aux corneilles ! lançait aux hommes de sa section le lieutenant Arthuis. Gare à vos côtelettes, le feu va chauffer dur !

— Encore quelques jours comme ça et nous allons tous finir dans un asile d'aliénés, grommelait le soldat Julien, ajoutant : « Cette ambiance-ci rendrait très bien dans un livre, mais quand on la vit dans la réalité c'est une autre affaire, c'est bien plus terrifiant… »

Hier le régiment français avait dérouillé et bien failli être rayé des effectifs couvrant la retraite ; les hommes s'étaient demandé comment ils pourraient s'en tirer. « Il en voulait ces cosaques-là », s'étaient dit les gars. Les vagues d'assauts dégringolaient les unes après les autres. Les Français avaient contenu le flot de l'ennemi en hurlant, coude à coude, baïonnette au canon. Après leur attaque les troupes de Taman s'étaient repliées au nord de la Bérézina.

Duchamp progressait maintenant avec sa compagnie à travers les sous-bois.

— Stop ! Fit d'un signe le lieutenant Arthuis à sa section. Les Russes sont passés par ici. On voit très nettement un sillage de traces dans la neige. Ils sont peut-être encore dans les parages, pesant, évaluant, comparant les chances de chacun.

Il faisait grand jour à présent. L'angoisse et la tension s'étaient emparées à nouveau des hommes. Les grognards auraient bien arrosé d'un jet de salves cette végétation enchevêtrée et glacée afin d'en déloger tous ses yeux qui observaient. Mais les ordres étaient formels, chacun devait garder son calme, ses distances et être prêt à riposter en cas d'attaque. Le sergent Morel accompagné de son groupe de combat fut alors envoyé à l'avant en éclaireur pour recueillir du renseignement. Les hommes avaient un entraînement sérieux à cette opération. C'était donc le majeur sur la détente de leur fusil, le regard affûté, le pas élastique qu'ils avançaient à présent dans cette jungle de glace. Ils débouchaient enfin dans une clairière et reconnaissaient hâtivement la zone. Les fronts ruisselaient sous les bonnets. Les hommes crevaient de chaud malgré le froid intense. Morel laissa en faction trois de ses gars ; la section rejoignait maintenant le reste de la compagnie pour rendre compte.

— Mon lieutenant, laissez-moi passer devant ! dit Morel.

— Non, Remy, répondit Arthuis. Reste en arrière avec ton groupe, et si par malheur je venais à être touché, je veux que tu prennes le commandement de la section.

Le sergent obéit et la section coupa à travers les sous-bois et se dirigea vers la clairière. La neige crissait sous les pas. Les grenadiers traversèrent un chemin bordé de majestueux pins Douglas. Chacun avançait lentement, d'un pas léger, l'œil aux aguets, à l'affût du moindre bruit sortant de l'ordinaire ; on aurait dit des sioux sur le sentier de la guerre… Plus la troupe s'enfonçait dans les bois, plus la lumière diminuait. Soudain au milieu du silence de la forêt, les soldats entendirent clairement un crissement dans la neige et des bruits de branches. Une présence se faufilait à travers l'épaisseur d'une boulaie. Chacun se tapit aussitôt, le corps et les sens en alerte.

Était-ce possible que ce fût un animal sauvage ? Les arbres semblaient agiter leurs branches en signe d'avertissement : « Ne poursuivez pas plus en avant dans le bois… » s'apprêtaient-ils à dire.

Un autre craquement comme un bruit de pas auquel suivit un autre aussitôt. Puis de la neige tomba d'un arbre. Cette fois-ci, pas de doute, ce n'était pas un animal ; quelqu'un les suivait. Alors aussi discrètement que possible le caporal Hourdel et son binôme se glissèrent chacun derrière un sapin situé à quelques pas sur la gauche. Le bruit se rapprochait. Une patrouille ennemie arrivait vers la clairière. Les cœurs des hommes de la section battaient la chamade. Ils auraient bien voulu courir à toutes jambes à travers les sous-bois. Mais le risque était trop grand pour eux d'être repérés et alors la poursuite infernale commencerait ; pas le choix il fallait faire front et combattre.

— Attention sur ta droite Lariflette, un type est planqué ! Aplatis-toi au sol !

— Par la foi du charbonnier, vous ne m'aurez pas, les cosaques !

— Ça va Quiquin ?

— Vingt milliards de milliards de fourmis, j'ai pris du plomb dans la jambe !

— Mets-toi à l'abri derrière le bosquet, j'arrose devant pour te couvrir.

— Hé, hé, hé ! On en a eu un ! Je l'ai vu tomber.

— Séparons-nous les gars. S'ils continuent à nous suivre, il faudra qu'ils choisissent entre deux pistes.

— Excellente idée.

Des hurlements, des insultes retentissaient dans le dos des Français. Un gradé russe hurlait des ordres à ses hommes. Les Russes s'étaient séparés et tentaient de couper la dispersion des hommes de la section. Une pluie de balles cingla la clairière, fit gicler la neige et ricocha contre les arbres. « Rattrapez-les ! », hurlait l'officier russe à ses hommes.

Forêt – Furie – Feu à volonté.

À présent, les tirs étaient moins précis et se perdaient dans les sous-bois. Les Français avaient réussi à semer leurs poursuivants. Arthuis avait mené sa section jusqu'au

Rocher Percé situé à la lisière de la forêt. Soudain plusieurs tirs vinrent ébranler la pierre. Le lieutenant se retourna et soudain s'écroula d'un bloc. Le caporal Brisac se précipita alors et tira l'officier en arrière. Une habitation était en vue. Les hommes foncèrent à découvert et atteignirent l'abri. Le lieu semblait désert. La section allait y établir un camp retranché. Morel ouvrit la porte de la maisonnette. Il faisait chaud à l'intérieur. Un tapis de braise se consumait dans un poêle. Une accueillante odeur de pomme de pin et de café au thym, mêlée à celle d'un gâteau au citron invitait à visiter les lieux.

Les hommes installèrent le lieutenant Arthuit près du poêle sur un lit de camp. Sa tête était brûlante. Sa respiration de minute en minute devenait saccadée. Il fallait d'urgence faire venir un médecin à son chevet. Au-dehors le croissant de lune paraissait encore plus grand, ici, dans l'immense plaine. De part et d'autre de la Bérézina se dessinaient les ombres des arbres et on ne voyait aucune lumière. Le médecin-chef du régiment, le commandant Huchard, un homme aux favoris gris, arriva enfin. Il était accueilli sur le perron de l'isba par le sergent Morel. Avant d'entrer, les deux hommes regardèrent le ciel. Trois étoiles rangées sur une ligne éclaircissaient l'air de la nuit ; c'était la constellation d'Orion. Huchard était maintenant auprès du lieutenant Arthuit. Le médecin se mit à examiner le blessé puis fronça les sourcils.

***

« Il avait deux trous rouges au côté droit. »

***

L'embarras de sa respiration lui provoquait une douleur insupportable. Arthuits était perdu, il le lisait dans le regard que Huchard lui renvoyait. Dans un élan de demi-conscience, le chef de section s'adressa alors à son adjoint :

— Mon vieux Morel, sa voix était rauque, je vais mourir.

L'homme reprit son souffle avant de poursuivre :

« Je te confie le commandement de la section. Prends soin de nos hommes et chéris-les comme des frères. Termine notre mission et tâche de rentrer sain et sauf chez nous à Grasse, au pays des cigales. Remets à mes parents cette lettre, tendant alors à son ami un papier plié. Il ne faut pas pleurer. Je regrette de mourir, ici, si près, mais aussi, si loin du but. Dis à ma famille que je suis mort en chef à la tête de ma section. Et maintenant, récitons ensemble une prière car j'ai bien des choses à me faire pardonner, camarade. »

***

Si seulement il y avait un moyen de retourner dans le passé pour le changer…

***

Puis Arthuis parvint à soulever sa tête et à prononcer ces quelques mots dans son ultime souffle de vie : « Quel soleil radieux ! ».

Tous les hommes dans l'isba étaient au garde-à-vous ; ils saluaient l'officier mort au combat. Le visage du défunt semblait à présent serein et apaisé. Dehors l'aube commençait à darder ses rayons.

Au passage du *Pont des Mousquetaires* le combat fut sans merci ; les fantassins au moyen de la baïonnette et de la crosse de leurs fusils s'étripant. Les corps des cavaliers se tordaient. Les épaulettes et les fourragères volaient dans l'espace. Stepanka, le jeune et fier cosaque, fendit l'armure d'un cuirassier, la lame s'enfonça, faisant gicler le sang. Mais derrière lui un autre combattant arrivait. Alors dans un élan désespéré il se courba sur l'échine de sa monture évitant de peu le coup de sabre de l'assaillant qui aurait fait voler, s'il n'avait eu une agilité naturelle, sa tête de dessus les épaules. Puis le cosaque rassembla toutes ses forces, se retourna, son fouet à la main, et, dans un corps à corps, le passa autour du cou du soldat français. Celui-ci, désarçonné, était maintenant cloué au sol. À quelques mètres de là, le colonel Taman venait d'être mortellement atteint d'une balle tirée depuis un chariot. L'intrépide Bariouk faisait aussitôt volte-face ; il s'élançait pour aller punir le tireur, il sautait sur l'homme avec son kinjal[15] ; la lame vint se planter dans la nuque du Français.

Les troupes napoléoniennes continuaient à braver la rivière malgré les glaçons et la rupture du pont. Ney, avec quatre mille hommes, organisait une position défensive sur la rive opposée afin de protéger la retraite.

Après trois jours de combat acharnés, la Bérézina était franchie. Mais à quel prix ! Comme à Borodino, le 7

---

[15] Poignard légèrement courbé dont la lame à un double tranchant.

septembre 1812, une fois encore, il n'y eut ni vainqueur, ni vaincu et le pire avait été évité pour les Français ; le succès en revenait aux braves de Ney. Les malheureux traînards qui n'avaient pas réussi à suivre la cohue furent massacrés par les cosaques. Les pertes étaient considérables. La Grande Armée était pour ainsi dire anéantie ; elle ne comptait plus que 40 000 hommes et encore il ne restait qu'une poignée de soldats en état de combattre. Près de 330 000 combattants ne reverront jamais leur patrie. Et dans la rivière, un trésor. Dans le froid, la panique, les cris effroyables des cosaques, les grognards sont épuisés. Les carrosses sont remplis de caisses, les chevaux ruent, se cabrent et c'est la catastrophe, le convoi bascule dans le vide emportant avec lui tous ses occupants. Des centaines de personnes périssent dans la rivière, enterrées dans la vase avec leur butin.

On croyait assister comme au cours de la guerre d'Espagne à une corrida où le matador, ici russe, fatiguait sa bête par des blessures et des dérobades. L'audace des Russes se faisait graduellement toujours plus accentuée et acharnée. Il était grand temps pour les soldats de Napoléon de quitter ce théâtre d'opérations. La colonne des blessés s'était allongée. Le 12e régiment d'infanterie avait été obligé de laisser ses morts de l'autre côté de la rive. Les corps seraient recouverts au bout de quelques heures par la neige qui tombait sans discontinuer. Les villages brûlaient. Les hommes étaient ivres de fatigue, mais aussi d'espérance ; c'était le retour au bercail…

VIII
Taman le brave

Taman avait été un grand chef. Depuis des semaines à la tête de son régiment, il avait réussi à percer les lignes ennemies et à poursuivre sa marche vers l'Ouest afin de tracer un cercle autour des Français.

Nuit et jour, des hommes venus des confins de l'Oural s'inclinaient devant la dépouille du valeureux guerrier en scandant : « Adieu, ô frère cosaque ! Que ton âme s'envole très haut dans le ciel et raconte à nos ancêtres tes exploits accomplis au fil de la Bérézina ». Alors des anges vinrent et emportèrent le défunt pour le conduire auprès des siens dans les cieux.

IX
Thalassa !

À présent, la fureur avait cessé. Les combats avaient été d'une violence inouïe. Calciné, dévasté, le paysage était devenu méconnaissable. L'armée de Napoléon avait résisté à l'ennemi et franchi la Bérézina à plusieurs endroits. Lors de cette campagne à l'Est, les Français avaient subi des pertes par milliers.

L'Empereur avait fait ses adieux à la Russie. Son traîneau filait vers Paris. Le vent d'hiver suivait du regard ce « Robespierre descendu de son cheval » et entonnait une glaciale mélopée : « Souviens-toi que tu vas mourir ».

Un linceul de neige recouvrait la campagne endormie.

« Thalassa ! Thalassa ! » Le salut de joie que les Grecs prononçaient à leur retour de voyage en apercevant le relief de leur patrie.

Les Français avaient traversé un océan dantesque. Ce fut l'odyssée la plus longue et la plus aventureuse qu'ils aient jamais accomplie. Ce n'était pas du froid extrême, mais plutôt du temps passé sur des chemins enneigés et glacés dont les Français avaient le plus souffert au cours de cette expédition, car leurs organismes étant moins entraînés que ceux des Russes. La longue retraite avait démoralisé les troupes. Un sentiment profond d'amertume s'était emparé de tous les hommes de la Grande Armée, de l'officier au simple soldat.

Les côtes de la Pologne étaient en vue à présent. Le navire *France* allait « accoster » à Wilna[16], baie des anges pour tous les rescapés.

---

[16] Vilnius aujourd'hui.

Deuxième partie
Paris

I
Un souper

— Est-il le diable ? Et si oui ? Le diable peut-il être jugé ?

— Que voulez-vous dire ?

— Vous le savez très bien, cher ami. Et, voyez-vous, une chose cependant plaide en sa faveur : tout le monde le hait.

— Je comprends, mais quel enfant était-il ?

— Il faut parler ici de sa mère.

— Comment ça, de sa mère ?

— Eh bien oui, mon cher, cette femme lui répétait souvent : « Mon fils, un jour tu seras admiré ».

II
Le kaftan[17]

Les deux jeunes filles étaient assises, l'une à côté de l'autre, sur un banc dans une allée du Jardin des Tuileries. La plus petite d'entre elles, les joues roses, un tantinet « grassouillette », s'appelait Rosalie. Son amie, Alphonsine, avait quant à elle une silhouette de danseuse, un visage d'une grande pureté avec un nez mince et une bouche admirablement dessinée ; ses yeux étaient d'un vert vif couleur émeraude. Toutes deux se parlaient présentement dans le creux de l'oreille en suivant des yeux quatre hommes portant des bonnets d'astrakan, ils venaient de passer devant elles, ce matin du 3 mai 1814. L'un d'eux vêtu d'un kaftan avait incliné sa coiffure tout en regardant de leur côté.

— Tout à fait déprimant, dit Rosalie nonchalamment.

— Ah ! vraiment ? fit Alphonsine d'un ton amusé. Je trouve pourtant ces militaires très sympathiques. Mais bien sûr tu vas encore me dire que tu es inoculée, vaccinée.

---

[17] Habit oriental.

Un orchestre jouait au loin accompagnant un chanteur s'égosillant sur un air tendre et romantique…

« Me prrrromenant dans la grande allée, admirrrrrrant la beauté des fleurs, tout était parfumé, tout était enchanté… »

***

Connaissez-vous quelque chose aux rêves ?

Souvent la nuit, Alphonsine faisait le même rêve. C'était le premier jour de l'été, elle était assise sur un banc, un livre ouvert sur ses genoux. Des mots virevoltaient au-dessus des pages. En face d'elle, un cyprès rouge de Taïwan les attrapait au vol, leur donnait du rythme avec des essais de voix, improvisant ainsi sur un poème chanté :

Assis sur un canapé
Au-dessus de la canopée
Je me suis envolé
Avec mon adorée
Chiner en Chine.
Cha cha Chine…

Et, tel un éclair, un cavalier surgissait devant la jeune fille, longuement la regardait puis repartait au galop, loin, très loin pour se fondre dans la brume d'un soleil levant turnérien.

***

À Paris les maires avaient fait apposer dans les rues des affiches informant les habitants sur les conditions matérielles de la présence étrangère ; on soulignait notamment, afin de rassurer les citoyens, que la capitulation avait été accompagnée de conditions acceptables. Les autorités françaises invoquaient pour apaiser les tensions avec les occupants des relations communes, s'accordant ainsi avec les pratiques de sociabilité en vigueur dans la bonne société en Europe ; chacun s'obligeant ainsi à se conduire de façon honnête et courtoise, afin d'éviter tout trouble à l'ordre public.

***

Alphonsine tenait les ronds de serviette en argent de sa tante d'une main et le plan de table de l'autre.

— Ma tante, treize invités.

— Pas de vieilles superstitions, ma chérie.

— Qui inviter, seulement, à la dernière minute ?

— D'accord bichette ! Aussi vois-tu, j'ai accompagné la semaine dernière notre ami Alexandre au Harras des Pins à Courteilles. J'y ai rencontré à cette occasion un officier cosaque au charme terriblement envoûtant. Alex m'a raconté au sujet de ce cavalier qu'il n'y a pas une femme, à des kilomètres à la ronde dans son pays, qui n'ait essayé sa technique personnelle sur lui pour le séduire.

— Arrête ma petite tante adorée, je vais attraper une insolation.

— Je vais donc inviter ce beau capitaine afin que nous ne soyons pas treize à table. Mais je lui dirai également qu'il n'est pas obligé de rester pour assister au bal.

— Surtout pas tante Josépha…

Il était tard dans la nuit, une lumière restait allumée au château.

— Mon Prince, la vie a eu pitié de moi, je viens de vous retrouver, disait tout haut la jeune fille assise devant son miroir ; elle parlait maintenant d'une voix joyeuse qui emplissait toute la chambre.

Puis, elle rit doucement et se mit les mains devant les yeux. C'était l'année de ses vingt ans.

III
Anglomania

Au début du XIXe siècle, l'anglomanie avait atteint l'Europe entière. Elle se nourrissait du prestige intellectuel du Royaume-Uni ; celui-ci s'étant prolongé grâce aux apports du siècle des Lumières et de ses avancées dans les domaines scientifiques et philosophiques. Newton, Locke et Hume étaient devenus des références scientifiques majeures sur le continent ; les contemporains du capitaine Cook avaient vu leur curiosité satisfaite par la publication de ses journaux de voyage sous l'égide de l'Amirauté anglaise. Cet engouement avait également influé sur les comportements. La mode du shake-hand[18] ou encore le port de la redingote s'imposaient chez les jeunes dandys des cours européennes. La nature elle-même accompagnait le mouvement. Situé à quelques encablures de Paris, le château de la Roche Guyon était devenu un lieu de prédilection pour les jeunes aristocrates ; ces derniers se retrouvaient et se divertissaient dans son jardin anglais, un espace délicieusement travaillé pour paraître sauvage et

[18] Poignée de main.

authentiquement « vrai ». Mais plus largement encore l'Europe se mettait à adopter ce nouvel art de vivre initié par l'Angleterre, car elle admirait la liberté d'expression qu'apportaient les clubs, les journaux, la franc-maçonnerie, la publicité des débats parlementaires…

Au total, un ensemble de choses qui semblait difficile à obtenir, mais qui désormais devenait envisageable dans l'Europe entière.

IV
Miroir, mon beau miroir…

Josépha à présent vivait retirée dans ce milieu harmonieux où tout était précieux, un peu comme sur une île paradisiaque qui offrirait une variété de paysages sur un espace réduit.

Écoutez le paravent de la complexité humaine et vous trouverez la ligne essentielle d'un caractère.

L'art de collectionner était pour la maîtresse de maison le moyen d'adjoindre à la grandeur de la France sa part de rêve qui fut son délassement. Elle avait été mariée à un homme qui détenait la puissance de l'argent et du pouvoir. Le château ne laissait plus un espace disponible. Les peintures se touchaient contre les murs. Ici un Hubert-Robert, là un Watteau ou encore un Caravage… Le salon où s'étaient tenues par le passé des réceptions féériques était tendu de tapisseries datant du Moyen-Âge. Une seule pièce dans la luxueuse demeure avait résisté à l'envahissement, il s'agissait de la chambre de l'ancien époux de Josépha. Ainsi celle qui détestait par-dessus tous les espaces vides et rangés au carré acceptait cependant que cette partie du château restât inchangée tant elle voulait garder le souvenir qu'une grande intelligence et un grand cœur, indifférents aux choses liées à la sphère des petites observations matérielles, avaient habité là sous ce toit. Rien n'avait été déplacé depuis le départ de N ; un lit en bois de noyé, sculpté et doré, présentant en devanture le décor symbolique d'un arc dont la corde était détendue, trônait au centre et une peinture de maître ramenée de Russie ornait le mur nord de la pièce. Pour rejoindre ce lieu, il fallait emprunter un long couloir décoré au sol de tapis persans. À son extrémité se trouvait une porte derrière laquelle on descendait par un escalier secret.

Mais présentement quelle image renvoyait le miroir dans lequel Josépha retouchait son maquillage ? C'était là toute la question. Ce qui caractérisait le plus cette femme, c'était la passion. Regardait-elle dans son miroir la beauté plastique pour laquelle les hommes s'enflamment tant à travers les siècles ? Un objet de désir, une tentatrice. Son charme résidait dans le fait qu'elle avait toujours su cultiver sa part de mystère. Jeune fille, elle avait voulu devenir comédienne. Son père dramaturge et sa mère pianiste l'avaient éduquée dans l'esthétique de la Grèce antique, dans le culte du beau. Elle avait ainsi foulé dès sa plus tendre enfance le sol de l'Acropole et s'était nourrie tout au long de ses études des lectures d'Homère, des philosophes grecs et des tragédiens. Par la suite dans son salon, elle animera des conversations autour du théâtre de Dionysos. Un travail intellectuel, spirituel et personnel qui lui tiendra à cœur durant toute sa vie.

Cette mondaine, qui avait su déceler d'instinct ce qui lui permettrait de maîtriser son image et cultiver sa célébrité, s'apprêtait-elle à donner à sa passion pour le monde sa vraie dimension, à savoir, devenir la « *Mouette* » de Paris ?

Josépha avait toujours aimé les défis, elle n'avait jamais le vertige au moment de franchir de nouvelles étapes ; en somme elle n'avait peur de rien, ni de personne. De plus, sa beauté n'avait rien à envier à ses qualités. Ses formes, son sourire, son innocence érotique lui ouvraient les portes des salons parisiens. Elle avait parfaitement réussi à devenir une authentique Parisienne, une élégante. Pour le public mondain, ce fut une vraie révélation à tel point qu'elle avait nourri rapidement toutes sortes des fantasmes. Elle était femme à tout essayer dans la vie et même plus. Étant loin d'être naïve, elle comprit très vite le parti qu'elle pourrait tirer auprès des hommes de cet avantage. S'il fallait enfin conclure cette description, on pourrait dire qu'elle avait très sérieusement et très méticuleusement su modeler son personnage. Enfin déconcertante de facilité et ayant mené un travail acharné, Josépha avait été catapultée tout naturellement sur la scène européenne dans un rôle de premier plan.

V
Demandez *PARIS DERNIÈRES* !

Le journal titrait :

« Aujourd'hui, 20 avril 1814, le tsar de toutes les Russies à Paris, ça y est ! »

L'article disait ensuite : « Le tsar Alexandre Ier est à Paris. Le monarque russe est venu négocier la paix et proposer une reconstruction du continent européen pour les années à venir. Si l'enjeu de sa présence est avant tout diplomatique et politique, il n'en est pas moins également symbolique. En effet, nous constatons que depuis des siècles la Russie est restée aux yeux des Français un pays où règne la barbarie. Une idée d'ailleurs largement entretenue par la propagande napoléonienne ces derniers temps. À présent que la violence de la guerre a cessé, le souverain russe veut faire la démonstration qu'il souhaite tourner résolument sa nation vers l'Ouest et qu'il est le régnant d'un grand pays civilisé. Le pari semble réussir si l'on en juge par « l'Alexandromania » qui déferle sur la capitale ces jours-ci. Nos compatriotes découvrent un homme s'exprimant dans un français sans accent, aux manières élégantes, subjuguant autant les Parisiennes que les Parisiens par sa connaissance de notre pays et de notre culture. Chacune de ses visites dans les hauts lieux culturels de la capitale est un événement qui fait se déplacer une foule nombreuse. Par ailleurs, le peuple de Paris se réjouit que les troupes russes, stationnées dans la ville, fassent preuve, à l'image de leur souverain, de cordialité et de respect à son égard.

Aussi le tsar Alexandre Ier, élevé dans la francophilie par sa grand-mère Catherine II, dans un esprit ouvert aux Lumières, parviendra-t-il à briser l'image de « mangeur de chair humaine » qui depuis toujours colle à la peau de l'ours russe ? »

VI
L'effrontée

Le mois de juin touchait à sa fin, une lumière colorait le ciel de ses subtils tons rouge-orangé. Des senteurs venant d'un vaste potager offraient au visiteur une expérience explorative et sensorielle unique. Sur la terrasse du domaine, les arbres fruitiers portaient leurs fruits déjà lourds et, un peu plus loin, des roses de Damas, tenant une place de choix dans les plates-bandes du parc, exhalaient un parfum frais et citronné. Les invités commençaient à arriver.

— Eh bien mon cher Alex, appréciez-vous l'hospitalité à la française ?

— Oui, vraiment ma chère Rose. Et bien que je sois sur le départ, je tenais sincèrement à être présent parmi vous ce soir. D'ailleurs, je ne suis pas venu seul. Voici mon fidèle ami, le capitaine Stepan Bariouk. Mais vous vous connaissez déjà, n'est-ce pas ?

— C'est exact, répondit Josépha, puis enchaînant sur un ton enjoué « vodka Martini », mon Alex adoré ?

— « Au shaker pas à la cuillère », ma douce et tendre, rythma l'invité d'une voix non moins complice.

Il y avait dans la silhouette de Josépha un charme qui avait depuis le premier jour de leur rencontre séduit Alexandre. Quand elle marchait, elle donnait déjà l'impression de danser, très féline, très sensuelle, elle semblait avoir cette chose dans la peau ; un mouvement, un relâchement des épaules et des hanches restant pourtant très distingués et stylisés dans leur position, la jambe tendue, le port des bras délicat. Elle savait, semble-t-il, allier naturellement ces deux styles de maintien et cette façon de se mouvoir, ce côté latino sensuel et théâtral captivait au plus haut chef le tsar de toutes les Russies. Elle portait ce soir-là un magnifique rang de perles et un diamant à l'annulaire gauche.

— Nos rencontres vont me manquer à Moscou cet hiver. Promettez-moi de… mais Alexandre n'eut pas le temps de terminer sa phrase qu'un parfum de fraîcheur boisée passa en coup de vent à hauteur du groupe d'amis et laissa tomber dans son sillage : « Si cette vieille sorcière de Pillbord vient ici ce soir, je m'en vais ».

À la fois surpris et admiratif, Bariouk s'exclama : « Fichtre, une flèche indienne ! »

— Ah ! s'exclama Josépha. Je n'arrive pas à y croire.

Et aussitôt, la maîtresse des lieux pointa son éventail en direction de l'effrontée.

— Alphonsine, revenez, je vous prie ! Un tel comportement devant nos invités est indigne de vous. Puis, elle fit un bref signe de la tête à Alexandre et ne pouvant finalement réprimer un éclat de rire déclara : « Mes chers amis, je vous présente Alphonsine mon incorrigible nièce ».

Alphonsine se mit à rougir et à sourire comme une enfant : « Excusez-moi, tante Josépha. Mais qui sont ces messieurs ? »

Les invités avaient rejoint la salle où était installé le souper. Les domestiques commencèrent à servir les plats. Au bout de la table, près de son ami venu de Russie était assise l'hôtesse de la splendide demeure. Le tintement des couverts se confondait avec le son des voix des convives. Josépha se réjouissait du bonheur qu'offrait la saveur des mets à toute la tablée. Le repas se terminait en beauté par une recette éthiopienne de dessert à l'assiette. La discussion allait sur la protection des biens et des personnes durant l'occupation de la France par les troupes étrangères. Le lieutenant-général Averton, commandant la quatrième division de l'armée anglaise, évoquait les problèmes rencontrés quotidiennement et expliquait : « Les civils nous sollicitent régulièrement afin que nous assurions leur protection. Il m'a été récemment transmis une missive provenant du territoire de Rambouillet. Les autorités locales nous demandent l'envoi d'un officier afin de mettre fin aux agissements de celui que l'on nomme Le Ravissant. Le bandit et ses acolytes ne feraient, à ce qui se dit, grâce à personne. »

Tous les regards s'étaient alors portés sur le militaire anglais. C'était un homme d'une cinquantaine d'années, un soupçon de beauté semblait s'être attardé sur les traits de son visage, ses yeux paraissaient clairs à côté d'un teint terne trahissant un rythme de travail effréné ainsi que des nuits trop courtes. L'assemblée écoutait avec curiosité son récit :

« Il y a deux semaines environ, le préfet du département de Seine-et-Oise envoyait son intendant accompagné de l'officier de garde à la poste de Rambouillet. Il s'agissait de convoyer une recette fiscale jusqu'à Paris ; une somme perçue sur la vente de marchandises s'élevant à un montant de 10 000 francs. La ville était proche et la course serait rapide. Cependant, tout ne passa pas comme prévu. Le soir même les deux malheureux rentrèrent à Versailles, dévalisés, pâles, les vêtements déchirés et à pied. Le Ravissant et sa bande leur avait tendu une embuscade et les deux malheureux n'avaient eu la vie sauve que grâce à l'intervention du ciel. En effet, comme par miracle ce jour-là, un orage de grêle s'était subitement abattu sur la forêt au moment de l'attaque et, en un éclair, les bandits, emportant tout de même avec eux leur butin, avaient fui sous une pluie de grêlons qui étaient gros comme des œufs de Pâques ».

— Dieu du ciel ! s'exclama Madame de Brignon, la veuve d'un général de la Grande Armée, appréciée de tous pour son sens de la réplique délicieusement *British Museum*.

Après quoi le Russe s'adressa à l'Anglais :

— Cher baron, vous pourrez rassurer les autorités de ce département. Mon aide de camp, ici présent, se chargera de régler ce problème.

Et ce tournant vers celui-ci, le tsar ajouta : « N'est-ce pas Bariouk ? »

— À vos ordres, Votre Majesté. Aussi je vais choisir pour cette mission de sécurisation une vingtaine de mes meilleurs cosaques. Nous partirons ensemble nettoyer le bois de ces voleurs ; mes hommes sont des soldats aguerris, expérimentés, ils ont l'habitude de traquer le grand tigre dans la taïga ; ils ne reculeront pas devant ces malfrats et nous capturerons leur chef.

L'Anglais accueillit cette hardie et généreuse initiative de la Russie avec une immense satisfaction et adressa à son allié un amical geste de la main.

La soirée se terminait par un magnifique spectacle pyrotechnique donné depuis le parc. Les invités partaient à présent. Alphonsine tendit à Stepan un mot *plié en quatre* en le gratifiant d'un sourire espiègle. Ce cosaque-là lui plaisait terriblement.

VII
La bataille de Fontainebleau

À la tombée du jour, dans le massif de Fontainebleau, au milieu de gros rochers, une vaste clairière ; là se dressait un fortin de bois entouré d'un fossé. La zone abritait un groupe d'hommes. À la diversité de leurs vêtements et à leur armement, on pouvait aussitôt reconnaître qu'il s'agissait de brigands. Le butin de la journée était conséquent et leur chef, Le Ravissant, venait de terminer la répartition au sein de sa petite troupe. Les hommes ensuite assis en cercle autour d'un feu faisaient ripaille.

Le repas venait de se terminer, les brigands allaient se disperser pour le reste de la soirée. Les uns s'apprêtaient à rejoindre dans les bois leurs abris, de simples constructions faites de branchages, afin de repriser leurs habits ou tout simplement dormir, les autres resteraient à la lumière du feu pour s'adonner à des parties de dés endiablées.

Pour tuer son ennui et rester éveillé, l'homme en faction dans la tour de guet avait allumé sa pipe et regardait le ciel étoilé.

Mais tout à coup cette atmosphère de tranquillité d'une soirée d'été ne tardait pas à être rompue. Le factionnaire venait de donner l'alerte. Aussitôt, le chef des brigands sortit de sa cabane, le sabre à la ceinture, le pistolet au poing et se dirigea vers la tour de guet.

— Que se passe-t-il ? demanda-t-il au guetteur.

— Les soldats du roi, « chef », sont dans le bois, répondit-il. Ils commencent à nous encercler.

Le Ravissant ordonna alors de fermer la porte centrale du fortin et rappela tous ses hommes. Il fit monter ensuite un petit canon sur la tour de guet. Des bruits de déplacement puis de voix se faisaient entendre dans le bois. La menace se rapprochait pour les occupants du fortin. Le Ravissant et sa bande attendaient en silence. Soudain un groupe d'éclaireurs de la compagnie du roi sortit du bois, inspecta rapidement les abords de l'enclave et revint bientôt pour rendre compte de la situation.

— Bande de vauriens, dit Le Ravissant à sa petite troupe, tenez-vous prêts à combattre.

Aussitôt un brouhaha traversa les rangs des brigands, puis plus rien. Alentour tout était devenu silencieux, étrangement calme.

***

La forêt se tut, le temps pour elle de respirer la nuit.

***

Au-delà des remparts on entendit soudain une salve d'ordres, des armes étincelèrent dans cette nuit de pleine lune, puis une cinquantaine de soldats du roi surgirent hors du bois et s'élancèrent. L'assaut du fortin avait commencé. Le Ravissant approcha la mèche du petit canon, un coup partit et balaya trois assaillants. Alors que la confusion régnait chez les soldats du roi, Bariouk et son détachement passèrent à l'action. Ils descendirent dans le fossé du fortin en courant et en criant ; les bandits leur décochèrent des tirs de pistolet, mais les cosaques, armés de haches, escaladaient les remparts tandis que les soldats du roi donnaient à présent des coups de boutoir avec une grosse poutre pour enfoncer la porte centrale. Le repaire des brigands finit par être investi. Les soldats du roi sécurisèrent la zone à coups de fusil. La bande du Ravissant avait été mise en déroute. Leur chef tentait alors de s'enfuir, mais Bariouk s'était lancé à sa poursuite. Les deux hommes luttaient à présent à l'arme blanche. Bariouk évita de justesse, par un bond de côté, un mouvement d'assaut circulaire semblable à celui d'une faucheuse que venait d'exécuter le Ravissant. Faisant volte-face, le cosaque se dressa soudain devant le chef des brigands et d'un coup de pied le fit basculer en arrière. Il se jeta ensuite sur son ennemi et d'un geste rapide et précis plongea la lame effilée de son kinjal dans la nuque d'une longue carcasse osseuse surmontée d'un visage de bambin, portant ainsi l'estocade. Puis regardant son arme, une nouvelle fois rougie par le sang, comme si à cet instant précis l'homme s'interrogeait sur le sens de sa vie, Bariouk se dit à lui-même : « Il faudra que pour moi tout cela cesse un jour ». En effet, jusqu'ici le valeureux guerrier avait vécu sans se soucier outre mesure de la portée de ses actes, accordant plus d'attention au comment qu'au pourquoi des choses.

Une expression de satisfaction éclaira le visage du cosaque à l'instant où il venait d'intérioriser ce constat.

La victoire était totale.

VIII
La Fontaine aux fleurs de myrte

« Harengs qui glacent ! » ; « Portugal, voilà le Portugal ! » ; « Noix vertes, noix vertes ! » ; « Fromage à la crème, à la crème ! » ; « Ah, ma belle herbe, ma belle herbe ! » Voilà la rue parisienne et ses cris de marchands ambulants, ses spectacles aux carrefours que sont les cracheurs de feu, les montreurs d'ours, les joueurs d'orgue de Barbarie, les troupes de lutteurs, les mangeurs de grenouilles vivantes…

Ce jour-là, Alphonsine a donné rendez-vous à Stepan. Au Théâtre des Variétés, on donne une soirée de lecture des poésies de Pétrarque. Arrivé le premier, Bariouk observe avec amusement l'animation autour d'un fiacre duquel une grande dame de la cour, reconnaissable à son vaste chapeau orné de rubans, vient de descendre accompagnée de ses deux filles vêtues de manteaux roses ; un valet en livret se tenant au pied de la voiture vient de crier « Au voleur ! » ; un gamin se débat, réussit à se dégager de l'emprise d'une main qui l'agrippe au poignet et s'enfuit plus rapide qu'un écureuil.

C'est l'entracte, les jeunes gens sont à présent descendus au buffet du théâtre. Ils regardent silencieusement « Le passage des Panoramas », une grande peinture sans auteur, accrochée au mur principal de la salle. Enfin, Stépan rompt le silence.

— Dans mon pays, la Russie, un poète a également écrit de très belles pages au sujet de l'être aimé et perdu à jamais.

— Parlez-moi plutôt de vous, Stepanka. Vous voulez bien, n'est-ce pas ? dit Alphonsine d'un large sourire.

— L'histoire de sa propre vie ! Le sujet éternel ! Mais puisque vous semblez insister. Voyons… Comme la plupart des Russes, commence-t-il par dire, je suis un mélange de sang européen et tatar. Mon père ayant combattu les Turcs en Crimée rencontra ma mère, la fille d'un lieutenant du sultan Soliman III, au moment du traité de paix de 1774 entre la Russie et l'Empire ottoman. Parce que mon père a mené ensuite une carrière de diplomate, je suis né au Caire. Tenez, je me souviens qu'à l'âge de quatre ans j'avais visité avec mes parents le site de Gizeh et que longtemps après encore je restai impressionné par la figure du Sphinx qui revenait la nuit dans mes mauvais rêves comme un monstre, horrible mangeur d'enfants. Mais peut-être avez-vous eu l'occasion de visiter l'Égypte ?

— Non pas encore, répondit Alphonsine. Mais j'ai le souvenir que notre professeur d'histoire nous avait présenté l'Égypte ancienne comme un monde où régnait la démesure que des souverains, des « morts-vivants », entretenaient en pratiquant, des millénaires durant, toutes sortes de magies noires. Mais continuez à propos de vous, je suis impatiente de connaître la suite de votre récit.

— Comparé à mon frère aîné, poursuivit Stepan, je montrai, et cela dès l'enfance, un véritable penchant pour la carrière militaire. À tel point qu'à l'âge de quatorze ans j'entrai, comme simple soldat, dans un régiment de cosaques stationné dans la ville de Perm[19] à plus d'un millier de kilomètres de Saint-Pétersbourg. Je mis ensuite dix années avant de parvenir au rang d'officier. Sentinelle par tous les temps, la nuit dormant à même le sol des granges enveloppées dans le foin, me levant avant l'aube, plongeant mon corps dans l'eau glacée et, délice suprême, montant à cru un pur-sang arabe pour m'élancer à bride abattue à travers la steppe, tous ses moments nourrissaient mon quotidien. Au total, ce rythme de vie avait forgé en moi un caractère d'airain. Je peux affirmer enfin avoir découvert au contact de cette communauté de gens simples et attachants une manière de vivre qui me servira de boussole tout au long de mon existence.

— Vous au moins, vous avez eu de la chance, soupira Alphonsine. En ce qui me concerne, la vie aura été cruelle. Mes parents et moi avons dû fuir la France en 1793 et cela pour des raisons politiques. À cette époque la terreur révolutionnaire régnait en maître, ici, en France. Notre bateau en route pour les Amériques fut pris dans une tempête et sombra au large de la pointe du Raz ; j'eus la vie sauve, mais le vent furieux avait emporté mes parents comme des poussières de sable ; j'étais devenue orpheline. Ma tante, Josepha, m'a ensuite recueillie et élevée. Puis, j'ai été envoyée à Londres dans un pensionnat pour y faire mes études. Et me voici de nouveau en France, bien décidée à ne pas connaître une vie suintant le conformisme et l'ennui. Loin de moi l'idée de me façonner l'image d'une femme modèle en quelque sorte. Enfin,

[19] Ville de Russie située sur la pente occidentale de l'Oural.

j'aime ajouter cette touche au tableau : « Je ne suis pas pieuse, mais je visite assez fréquemment les églises lorsqu'elles sont sonores et vides afin de m'exercer à poser ma voix ».

Une sonnerie retentit annonçant la reprise du spectacle. À la fin de la représentation, l'homme et la femme, flâneurs d'un soir, marchaient dans les rues de Paris et s'arrêtaient devant la Fontaine aux fleurs de myrte. Le silence se fit soudain oppressant. Alphonsine aurait aimé apprendre d'autres détails sur la vie de Stepan en lui posant des questions à n'en plus finir tellement elle se sentait emportée par ce récit rapporté depuis des étendues sauvages. Mais soudain une seule chose comptait pour elle, poser ses lèvres sur celles de cet homme qui allait bouleverser sa vie.

— C'est ridicule, dit-elle ensuite d'une voix étreinte par l'émotion, mais je crois que je vous aime depuis toujours mon adoré.

Bariouk prit alors la main de la jeune fille et la posa sur son cœur. Alphonsine pleurait silencieusement. Rien de tout ce qui se passait ne semblait réel à l'officier cosaque, mais il comprit toutefois qu'il pourrait aimer ce mirage jusqu'à s'oublier lui-même. La lune argentée s'était à présent levée et flottait sereinement dans le ciel. Notre héros se promit qu'un jour il serait sincère avec cette fille.

***

Ils s'étaient vus, touchés, étreints.

***

Troisième partie
Almazoria

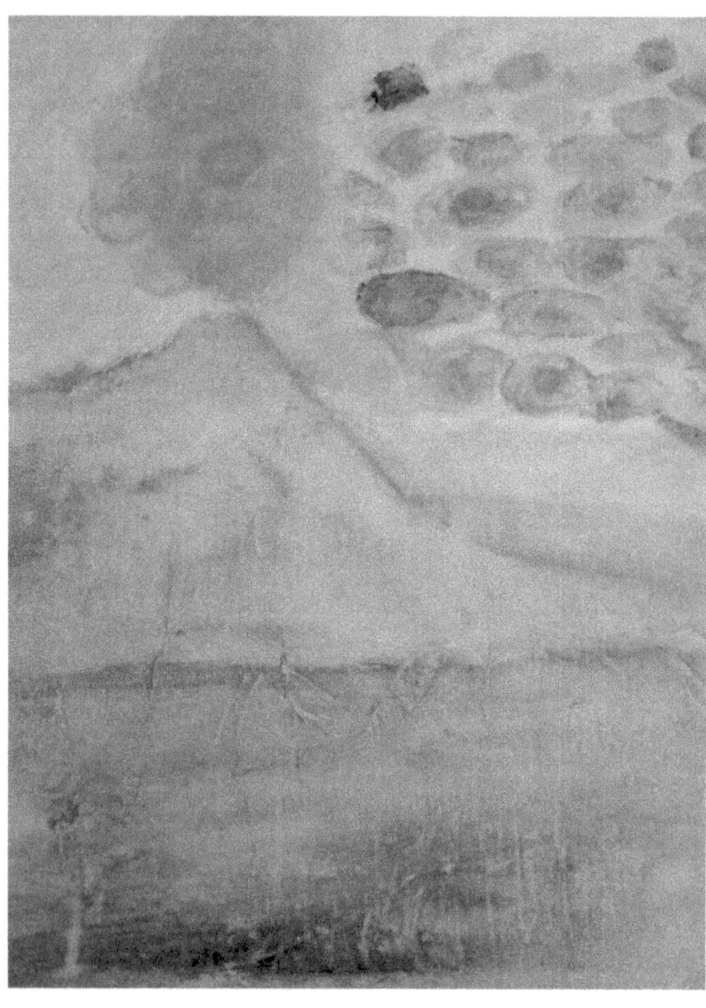

I
Une énorme main gantée de noir…

Devant les yeux de l'homme assoupi apparaissait sur la table une carte topographique. D'une plume à l'encre rouge, celui-ci marqua un point et dit : « Ils se mettront à courir, passeront ici et nous les cueillerons à la sortie du pont ». Puis soudain – comme cela peut arriver dans la bizarrerie d'un rêve au moment où vous passez de l'autre côté du miroir – surgit nettement sur le document une autre plume. Celle-ci était bleue. Une énorme main gantée de noir l'enserrait. Le regard du dormeur se porta alors de cette main au visage. Celui-ci, buriné, appartenait bien à son ennemi avec ses yeux de loup cruels et perçants. S'adressant à une personne qui était près de lui, l'intrus prononça ces mots : « Nous prendrons le pont en un assaut et couvrirons le passage du convoi par des feux nourris ». L'homme fixait à nouveau intensément ce point afin de bien distinguer et enregistrer l'information ; il eut ensuite un élan de tout son corps, poussa un cri en s'avançant sur le repère figurant sur la carte.

Le voyageur se réveilla soudain en sursaut. Il avait fait un cauchemar. Le navire approchait de la côte. Depuis sa cabine, Stepan entendait des éclats de voix. Des jurons pleuvaient sur le pont. Le capitaine de la goélette donnait des ordres à son équipage occupé à manœuvrer pour l'accostage. Sorti à l'air libre, appuyé au bastingage, Bariouk suivait l'opération avec intérêt.

Le navire manœuvra de tribord et accosta par l'arrière.

II
Mazal ![20]

Une vigoureuse poignée de main avait uni les deux hommes au son de « Mazal ». Quelques mois plus tôt, Stepan Bariouk avait démissionné de commandant de la garde impériale d'Alexandre Ier.

***

Bas les armes !

***

Le cosaque s'était depuis lors spécialisé dans le négoce des pierres précieuses et avait acheté sur le marché d'Anvers pour une croûte de pain une concession située au large du Mexique. La recherche de diamants était devenue sa grande passion.

C'était le 8 septembre 1826 que la Belle Elise, un trois-mâts hollandais, quittait le golfe de Botnie, une région

[20]« Affaire conclue ! » dans le langage des diamantaires.

située au nord de la mer Baltique et prise par la glace durant la moitié de l'année. Le vaisseau avait à présent dépassé *l'îlot au phare*, des flocons de neige venaient frôler ses cordages. Au loin on apercevait encore quelques lueurs pourpres, des feux allumés sur la rive. La nuit paraissait d'un bleu clair, Bariouk partait vers le rivage lointain d'une île caribéenne à la recherche d'un diamant vert.

Cinq mois aura duré le voyage et le navire arrivait maintenant en vue des côtes d'Almazoria, une île située au large du Mexique. Ce morceau de terre baptisé par les pirates, la Colconde des Caraïbes, ressemblait à un diamant poli et repoli par le vent. À l'horizon terrestre, par de-là Alvarez, sa capitale et ses maisons anciennes de style espagnol avec leurs murs blancs et leurs toits de tuiles ondulées rouges, s'étendait la forêt tropicale et sa végétation luxuriante.

III
Génépi !

Au *Troquet des rots*, l'ambiance était festive, le rhum et la bière coulaient à flots. Une chanteuse, belle à croquer, était accompagnée au piano par le patron, un vieux bonhomme ventripotent, affublé d'un costume de pirate et d'une fausse moustache de mexicain. Plein à craquer et enfumé, l'établissement sentait le poker acharné. Un groupe de spectateurs entourait une table installée au beau milieu de la salle. La partie devait durer depuis quatre heures environ et trois joueurs restaient en lice. Le premier dont les mains étaient affublées de bagues portait une perruque multicolore, une extravagance se mariant bien avec l'excentricité du personnage qui avait « Le Délicat » comme sobriquet. Un autre joueur, baptisé « Le Penseur », un grand type à la voix douce comme le miel, s'exprimant avec de faux airs obséquieux, faisait par moments mine d'être absorbé dans ses pensées. Quant au troisième personnage, Bariouk remarqua chez lui un sens de l'humour qui lui plut aussitôt. L'homme avait pour surnom « Le Montagnard ».

— Pas de carte… Je suis servi… dit Le Penseur en secouant la tête.

Le Délicat, lui, écarta une carte et en prit une autre. Alors, Le Montagnard déposa sur la table mille cinq cents puis poussant un mémorable « Tayooooooooo ! » doubla sa mise.

— Eh ! Eh ! l'ami ! lança Le Penseur. Il faut que vous soyez à votre tour bien mystérieux. Je vous suis à trois mille et espère bien danser jusqu'au bout de la nuit sur la piste aux étoiles…

Le Délicat annonça « trois dix », Le Montagnard « quatre valets » et Le Penseur d'une voix triomphante « quatre rois ». Après quoi ce dernier, visiblement aux anges, se leva de sa chaise et tout son être fut entraîné dans une danse hypnotique. Droit sur ses jambes, les épaules en arrière, l'homme exécutait alors une pantomime déconcertante sur le rythme d'une *Rumba Columbia,* entonnant un célèbre refrain : « Demande à la lune, elle te dira combien j'ai attendu… »

— Dommage, mais je me vois obligé de quitter la table, dit *l'homme-perruqué*. Vous avez, messieurs, bien trop de chance pour moi… beaucoup trop…

— Et vous, souhaitez-vous continuer à battre les cartes avec moi ? fit Le Penseur, regagnant son siège et regardant au passage droit dans les yeux Le Montagnard.

— Pourquoi pas ? rétorqua celui-ci. Et d'une, je ne suis pas un froussard, et de deux, la chance peut toujours tourner.

Aussitôt, le visage du Penseur se referma et reprit son teint pâle. Il ressemblait maintenant à une peinture usée par le soleil. Frida, la jeune chanteuse métisse, avait rejoint la table ; elle mélangeait les cartes à présent puis d'un geste lent les étalait, dos vers le haut. Une nouvelle partie commençait. Les deux hommes s'étaient entendus sur un quitte ou double.

— Choisissez en premier, dit Le Penseur à l'adresse de son adversaire.

À ce moment-là, étrangement, Le Montagnard tourna la tête et son regard croisa celui de Bariouk. Ce dernier avait mystérieusement cligné de l'œil. Le Montagnard à cet instant considéra la carte qu'il venait de tirer. C'était au tour du Penseur, maintenant, de choisir une carte.

« *Tatata-taa* ! »

Et là, Le Penseur annonça.

— Dame de pique.

— Génépi ! s'écria Le Montagnard. Puis il retourna un as de trèfle.

Tout conte fée, la partie s'était bien terminée pour Le Montagnard.

Les spectateurs commençaient à se disperser. Le Montagnard s'approcha alors de Bariouk et l'invita à prendre un verre.

— Dites mon vieux, c'est quoi ce truc que vous avez fait avec votre œil tout à l'heure ? demanda-t-il d'emblée à Bariouk.

— Quand j'ai cligné de l'œil ? interrogea Stepan d'un sourire malicieux. Mais je me présente, Stepan Bariouk, négociant en pierres précieuses. Et vous ?

— Alberto Cavora, dit Le Montagnard, ancien lutteur, originaire de Savoie.

Stepan trinqua avec Alberto. Les deux hommes échangèrent ensuite à propos de leurs centres d'intérêt. Il se trouvait que Le Montagnard connaissait également assez bien le domaine des gemmes.

— Le hasard fait bien les choses, dit chaleureusement Bariouk. Aussi ça t'intéresserait, Alberto, de m'accompagner dans la jungle à la recherche d'un diamant vert ?

— Je vais encore dire : « Pourquoi pas ». Mais je te préviens, ajouta le Savoyard d'un air taquin, je rêve toutes les nuits et tout haut d'une bonne tartiflette qui me serait servie, ici, dans les Caraïbes même sous des températures qui s'ingénient à dépasser les 30°.

— Excellent ! s'exclama le cosaque. J'aime cette forme d'enthousiasme communicatif.

En sortant du bar à marins, les deux nouveaux amis aperçurent un groupe de joyeux drilles, alignés en rang d'oignons, libérant leurs vessies et tanguant face à une mer agitée ; l'écho de leurs rires sonores et rabelaisiens ricochait dans le lointain.

IV
Un serpent à plumes

La petite caravane quitta Alvarez dès potron-minet, avant que le soleil ne fût brûlant. Elle se dirigeait vers le nord et pénétrait bientôt dans la jungle, un milieu presque infranchissable tant les arbres y sont serrés et où leurs branches se croisent et se recroisent formant ainsi une voûte que la lumière du jour parvient à peine à percer. Le lieu est pourtant fascinant pour l'aventurier. Infatigable, sans peur, concevant la vie comme une accumulation d'expériences extrêmes et de connaissances nouvelles, comme aimanté par les récits qu'il avait entendus au sujet de féroces guerriers et de trafic de pierres précieuses qui entretenaient la légende à propos de l'île, Stepan Bariouk rejoignait sa concession, accompagné de son nouvel associé et ami, Alberto Cavora. Marchant devant, les porteurs ouvraient une piste dans la forêt touffue. L'importance du matériel emporté ne facilitait pas le cheminement. Les hommes longèrent les bords d'un torrent de montagne. Échappé d'un défilé, le cours d'eau faisait tournoyer au milieu de son flot couleur aigue-marine une bande d'écume semblable à un long serpent à plumes. Chacun se désaltéra dans son eau froide qui donnait des crampes dans les mâchoires. Durant cette halte le groupe restait en alerte, car la zone était truffée de jaguars et de coupeurs de têtes – les Jawaros. Cette tribu de guerriers vivait dans les hauteurs et guettait toute intrusion sur son territoire. Il s'agissait de petits hommes qui pouvaient surgir à tous moments et vous emporter dans leur village, nu, les mains liées derrière le dos, et suspendu à une poutre.

***

Au demeurant les Jawaros n'étaient pas pour autant dénués de tout comportement évolué. Leurs techniques de chasse et de pêche quoique rudimentaires restaient relativement efficaces. Il y avait beaucoup à apprendre de ces hommes et de ces femmes, notamment dans le domaine de l'automédication. Plus encore en observant le mode de vie de cette tribu on pouvait recueillir une mine d'informations sur l'organisation de nouvelles relations sociales basées sur l'entraide entre les générations au sein d'un groupe d'humains, sur la fabrication et l'utilisation de nouveaux objets du quotidien, sur les rites ancestraux pratiqués au sein du groupe ; et bien au-delà jusqu'à des leçons de préservation des espèces dans un espace aux ressources limitées ; de la manière enfin dont cette population coexistait en bonne intelligence avec son environnement en sachant préserver son précieux poumon vert.

***

Le petit groupe d'aventuriers était à présent reparti et se dirigeait vers l'autre versant de l'île. La chaleur était étouffante, la sueur ruisselait sur les corps et obstruait les pores de la peau ; respirer devenait difficile. Le parcours s'était resserré. Il fallait notamment franchir des gorges étroites baptisées par *Les requins du lagon*, les premiers pirates à avoir visité l'île, *Le repère des esprits*. Soudain, Cavora qui avait pris de l'avance sur le groupe, le fusil chargé dans la main gauche, s'arrêta :

— Du calme ! murmura-t-il. Avançons prudemment et sans faire craquer de branches sous nos semelles.

— Quel danger nous guette de ton côté, Alberto ? demanda Stepan, en se rapprochant doucement de l'endroit où s'était arrêté son ami.

— Nous risquons de rencontrer du monde, *Votre Majesté*, répondit Cavora qui en toutes circonstances savait garder son sens de l'humour. Nous entrons dans une zone de chasse. Regarde. Tu vois les entailles dans les arbres ?

— Mazette ! fit Stepan. Tu sais qu'à Paris, j'ai rencontré un gars qui écrivait des phrases sur les murs, du genre : « L'art est partout ».

Bariouk s'était fendu d'un trait d'humour, une hachure afin de détendre et distraire les esprits qui veillaient sur l'île.

Le silence tomba ensuite entre les hommes. Chacun avançait en surveillant les parages. Bariouk et Cavora marchaient à présent en tête et essayaient de repérer les cachettes où il serait possible de trouver refuge en cas de rencontres indésirables. Malheureusement, le terrain n'offrait pas le moindre endroit pour se dissimuler sauf quelques rochers tombés des parois et qui jonchaient le sol. De plus, les aventuriers étaient facilement repérables aussi bien par les animaux sauvages que par les Jawaros ; ceux-ci étant capables de voir une aiguille posée sur une pierre à plusieurs mètres de distance.

« Bienvenue sur le territoire de tous les dangers ! », se dit Bariouk qui réalisait à ce moment précis combien l'aventure qu'il vivait était encore plus différente et exceptionnelle de toutes celles qu'il avait rencontrées jusqu'à présent.

V
Le grand saut

La petite troupe s'était remise en marche et se hâtait en direction d'une vallée. Mais pour l'atteindre, il fallait traverser un relief constitué de cañons étroits aux parois abruptes. Soudain un cri de douleur se fit entendre à l'avant. Un des porteurs venait de s'écrouler, transpercé par une lance ornée d'une plume de toucan. Affolés, les autres porteurs s'étaient mis à courir en tous sens, tandis que des flèches pleuvaient de toutes parts. Les Jawaros étaient passés à l'attaque. Juchés sur des troncs de bambou insérés dans la roche, Stepan et Alberto évaluaient la situation. Elle n'était pas très fameuse. Les indigènes fermaient l'entrée et la sortie du défilé. La manœuvre avait réussi, ils avaient pris au piège les intrus. La seule chance pour ces derniers de s'échapper était de trouver dare-dare une cavité dans la roche.

— Regarde Alberto, dit Stepan, sur la gauche, il semble que ce soit une ouverture.

— Allons-y sans plus tarder, *Votre Honneur*, acquiesça le Montagnard. Descends le premier, je te couvre.

Bariouk et son ami avançaient à présent le dos collé à la paroi rocheuse, il ne leur restait plus que quelques mètres à parcourir. Les fusils des deux hommes détonnèrent soudain et plusieurs guerriers Jawaros tombèrent juste devant l'entrée du passage. Sur le pan rocheux, une peinture représentant des points rouges disposés en cercle semblait indiquer que le lieu était sacré.

— Vieux frère, fonçons à l'intérieur ! s'écria Bariouk.

Après quelques minutes d'une progression tâtonnante, effectuée dans l'obscurité totale, les deux hommes sentirent un courant d'air et aperçurent au détour d'un couloir une lueur. Ils suivirent ce chemin vers la lumière.

Arrivé le premier à un endroit qui ressemblait à une plate-forme, Alberto s'immobilisa soudain et ne put réprimer un cri de stupeur.

— Saperlipopette ! Cette fois-ci le Très Haut a vraiment décidé de nous accueillir en son royaume !

— Que se passe-t-il Alberto ?

— Y'a, *Votre Altesse*, que nous sommes coincés au-dessus de gigantesques chutes d'eau.

Derrière eux, déjà, des cris de guerriers en colère retentissaient. Les petits hommes des montagnes avaient à leur tour pénétré dans la grotte et s'apprêtaient à rattraper les deux Européens. Une seule préoccupation occupait l'esprit de Stepan et d'Alberto présentement : « Comment s'extraire de ce guêpier ? »

Fallait-il pour cela accomplir le grand saut sur plusieurs dizaines de mètres ?

***

Le vide – La peur.

***

Soudain les deux aventuriers entendirent le son d'une corne de chèvre percée à son extrémité.

— Saut de l'ange ? interrogea Alberto en levant les yeux vers le ciel. Croyez-vous que ce soit bien avisé, les copains ?

La réponse mettait du temps à arriver.

Alors le regard porté au loin, Alberto prononça haut et fort sa formule porte-bonheur, en y ajoutant toutefois une ultime précision : « Pourquoi pas, après tout ».

Épilogue
La vallée mystérieuse

Rosy entra dans la chambre et dit tranquillement :

— Les chatons, c'est l'heure de dormir, demain le réveil sonnera tôt, c'est la rentrée des classes.

— Mam's, pas encore, s'il te plaît, pas le dernier soir des vacances, raconte-nous plutôt la FIN de notre conte de l'été, après promis, juré on dort, s'étaient écriés en cœur Oscar et Fanta, remontés à fond de ressort et sautant sur le *grand lit-bateau*.

Alors la maman-chat sourit ; elle s'assit au milieu du nid douillet et se mit à lire de sa voix claire et captivante :

« Deux explorateurs avaient été découverts un mois plus tôt inconscients sur le bord d'un lac par les habitants d'un village situé dans une vallée au relief large et plat. De jour en jour, les deux hommes reprenaient des forces. Après avoir traversé un territoire hostile, grouillant de bêtes sauvages et de guerriers impitoyables, il leur semblait découvrir à présent un monde des plus étranges et inconnu. Une grande animation régnait alentour. Quotidiennement un flot de personnes circulait et se retrouvait sur une place. À cet endroit, les *voyageurs* s'échangeaient ce qu'ils appelaient "des événements merveilleux" ; il s'agissait de visions, de gestes, de sons, de saveurs ou encore de parfums. Ce peuple originaire d'un ailleurs communiquait dans un langage nourri de captations sensorielles. Le choc était total pour les rescapés. Le lieu paraissait tellement irréel, si loin de tout, avec des gens si différents. La population était composée d'individus sans âge, de grande taille, possédant un œil en forme de cœur situé au milieu du front et dans lequel on pouvait lire une nostalgie profonde. Souffraient-ils d'un souvenir qui les avait enfermés dans ce monde ? Une porte géante était posée au centre d'un lac. Un cygne noir, qui semblait veiller sur cet univers, entrait et sortait par son entrebâillement ; ce ballet irradiait une douce lumière sur toute *La vallée mystérieuse*. S'agissait – il d'un symbole destiné à rappeler un souvenir à jamais perdu ?

À l'intérieur du village, les rues étaient larges et la chaussée recouverte d'énormes pavés sertis de diamants verts ; il y régnait un calme étrange. Personne ne semblait inquiet, les visages des villageois étaient détendus, souriants, chacun marchait avec une tranquillité désarmante et c'est pourquoi les aventuriers, comme deux étrangers au paradis, ne pouvaient s'empêcher de douter de la réalité de ce monde féérique, d'une beauté enchanteresse… »

Le livre s'était à présent refermé et la maison ensommeillée.

***

Un navire ballottait sur son ancre.

Imprimé en Allemagne
Achevé d'imprimer en novembre 2023
Dépôt légal : novembre 2023

Pour

Le Lys Bleu Éditions
40, rue du Louvre
75001 Paris

www.ingramcontent.com/pod-product-compliance
Lightning Source LLC
Chambersburg PA
CBHW062345010826
49168CB00024B/273

9791042215170